डाइल १००

शिवम कुमार सिंह

ये किताब मैने खुद के लिए लिखी हैं, यह किताब कुछ कुछ लोगों के सोच और विचारों के मेल जोल से बनी हैं,

इस किताब मैं मैने कई किरदारों के बारे में बात किया हैं , जो की काल्पनिक है।

क्रम-सूची

भूमिका

ये बात है २०१२ की जब चरस शराब शहर में आम थी। लोगों का ऐसा हाल मैने कभी नहीं देखा था, इस किताब मैं जिस किरदार के बारे में बात करने जा रहा हु जिसका नाम हिमांशु था, वो शराब और चरस के नशे में ऐसा पागल हुआ की कुछ महीनो में ही उसकी ज़िंदगी तहस नहस होने वाली थी, उसे इस सब के बारे में कुछ नहि पता था की वो क्या कर रहा है। उसे सिर्फ़ चरस शराब और उससे पैसा बनाना ही दिखता था, इस मुश्किल हालत में उसके घर वालों ने भी उसका बहोत साथ दिया पर वो ख़ुद ही इस दलदल में फँसना चाहता था।

यह किताब एक काल्पनिक किससे के ऊपर निर्धारित है , इस किताब में हम जानेंगे की एक ग़लत क़दम कैसे लोगों को दलदल में डाल सकती हैं।

1

वो अंधेरी रात

मैं हिमांशु का पिता सूद हूँ और आप ये कहानी मेरे नज़रिए से ही देखेंगे, मैं पुलिस में काम करता हु, दिल्ली पुलिस के PCR सेल में काम करता हु, और मेरा काग कुछ ज़्यादा बड़ा काग नहि है, बस लोगों की मदद करना है , जैसे अगर कोई किसी मुसीबत में हैं तो मेरा काम है वह तक मदद पहुँचाना , अरे हाँ भाई PCR यानी Police Control Room और रही बात तो में वहाँ पर हेड ऑफ़िसर हु।

मेरा एक छोटा परिवार हैं जिसमें तीन नहीं नहीं चार सदसए हैं, मैं (मनीष सूद) , मेरी पत्नी (सुमित्रा सूद) , मेरा बेटा जिसका ज़िक्र पहले भी हुआ है (हिमांशु सूद) और जो हमारे घर में सब से सरारती हैं, हिमांशु से कम हैं , हमारा दोस्त हमारा pet (जेडी) । मैं एक मामूली बैक्ग्राउंड से था पर वो तो क़िस्मत साथ थी और मेरे पिता भी , की मुझे उनके ज़रिए पुलिस में ये नौकरी मिल गयी। मेरे पिता एक ज़माने में SI की पोस्ट पर थे और उन्होंने कई medals भी जीते थे, वो इतने नेक दिल और विचार के व्यक्ति थे की उन्होंने जब तक वो ज़िंदा रहे तब तक उन्होंने अपनी नौकरी से एक बार भी गदारी नहीं की, जान देने को त्यार थे अपनी नौकरी के लिए, वो मुझे भी चाहते थे की मैं उनके जैसा सच्चा और नेक ऑफ़िसर बनू ।

कई साल तक मैं अपने आप से ये सवाल करता रहा की क्या मैं एक अच्छा और नेक पुलिस ऑफ़िसर बन पाउँगा , क्या मैं अपने सामाजिक

काम जो की लोगों की सुरक्षा करना हैं उसके साथ अपने घर की सुरक्षा कर पाउँगा ? ये सवाल आज भी मेरे लिए एक सवाल ही हैं।

मुझे आज भी वो रात याद हैं जब मैने अपने आप से ये सवाल फिरसे किया था। ये बात 10:30 PM की हैं जब मैं अपने नाइट शिफ़्ट के लिए घर से अपनी PCR वैन में निकला था, मेरी गाड़ी कुछ ज़्यादा दूर नहि गयी थी, की तभी मुझे एक फ़ोन आया मेरे को ये तो पता था की ये फ़ोन किसका पर ये नहीं पता था की ये फ़ोन कितना important है मेरे लिए । मैने फ़ोन की तरफ़ ध्यान नहीं दिया , भाई पुलिस हु गाड़ी चलाते समय फ़ोन इस्तेमाल करूँगा तो फिर मेरा पुलिस होना ही बेकार हैं । ज़्यादा वक़्त बिता नहीं था घर से निकले , ये रात भी और रातों की तरह ही मैने सोचा था बीत जाएगी पर शायद ये किसी को मंज़ूर ना था। वो जिस फ़ोन कॉल की मैने बात की थी वो किसी और की नहीं बल्कि मेरे एक पूराने दोस्त की कॉल थी , हाँ वो लंदन जाके पढ़ाई करके आया था शायद इसलिए जब मर्ज़ी फ़ोन करके अपनी तारीफ़ें करने लगता था शायद आज भी वो इसकी कारण मुझे फ़ोन कर रहा था । मैने इतना ध्यान नहीं दिया और अपनी गाड़ी को हाइवे वाले रास्ते पर ले गया, दिल्ली के मौसम पे मुझे बिलकुल विश्वास नहीं था, साला बिन मौसम बरसात होती हैं , ये भी ठीक था बस रेन कोट लेना भूल गया था । गाड़ी के सारे सीशे बंद करके मैने गाड़ी को हाइवे पे दौड़ना चालू कर दिया अपनी शिफ़्ट के लिए लेट ना हु इसलिए, मेरा शिफ़्ट 11:30 से चालू होता था , और अभी 10:45 ही हुआ था। मुझे शायद उस दिन अंदर से ये फ़ील हुआ की शायद कुछ तो आज बड़ा होने वाला हैं पर शायद मुझे ये पता नहीं था की वो हैं क्या? गाड़ी शायद ६० km/hr की रफ़्तार पर होगी, जब ही मेरी गाड़ी के नीचे एक खट सी आवाज़ सा कुछ महसूस हुआ मैने नज़रंदाज करते हुए गाड़ी की रफ़्तार बढ़ा ली। आज की रात मेरे को कुछ अजीब सी लग रही थी ।

2

११:०० बजें

वक़्त बितता जा रहा था ११:०० बज गए थे बारिश इतनी हो रही थी की गाड़ी की स्पीड पर मुझे बार बार क़ाबू करना पढ रहा था मुश्किलें ख़ूब आरही थी पर हम भी पुलिस वाले थे पहुँच गए , गाड़ी अंदर पार्किंग में लगाते वक़्त भी मुझे कई सारे ख़्याल आ रहे थे। हमारे ऑफ़िस के सामने ही एक चाई वाले हाँ रामू जी जो हमारे रक्षक हैं पूरे रात हगारी ख़ातिरदारी करते रहते थे आज वो भी दुकान पर नज़र नहीं आ रहे थे शायद कोई नया बंदा था उनके जगह पर पर वो जाना पहचाना सा लग रहा था।

मेरा शिफ़्ट ११:३० से ही शुरू होता था पर पहले पहुँच जाने से एक ये फ़्यादा होता था की आराम से छत पर जा कर १-२ सिगरेट जला दिया करता था। मेरे टीम में ज़्यादा नहीं सिर्फ़ ६ लोग थे, ४ मेरे टीम मेट्स थे जो की intercom पर बैठा करते थे और लोगों की मदद किया करते थे हाँ वो सीन्यर तो नहीं थे पर टीम में काम सब ही अच्छा करते थे । रेखा , रमेश , और गोपाल इन सब में सबसे उम्र गार हमारे गोपाल जी थे बड़े ही मिज़ाजी आदमी थे , काम से ज़्यादा मज़ाक़ किया करते थे , रेखा बड़ी ही सुंदर और समझदार लड़की थी बड़े ही समझदारी से सारे काम किए करती थी मैं यही कोशिश करता था की कोई भी मुश्किल कॉल आए तो वो हैंडल किया करे। इनमे सबसे खाने वाला बंदा भी था हाँ रमेश, भई के खाने में चर्चे बड़े थे। ये हमारी intercom टीम थी और २ लोग जो की बैकेंड का काम देखा करते थे। मोहित और रोनित बड़े ही

समझदार व्यक्ति थे पर उनका वक़्त आने का १२:०० बजें था, ज़्यादा ज़रूरत उनकी तब पड़ती थी जब हमारे पुलिस के इतने so called २० करोर के सर्वर में कुछ दिक्कत आती थी। उस दिन तो इतनी बारिश हुयी थी की मुझे ये शक तो था की साला सर्वर में कुछ तो दिक्क़त आने वाली हैं। मैं छत से जब नीचे आया तो मैने ये देखा की मेरे सारे टीम मेट्स आ चुके थे, आज वो भी सब इतनी जल्दी शायद बारिश की वजह से, मेरे डेस्क पर मेरे कुछ फ़ाइल्ज़ पढ़े थे ऊपर से रेखा ने आकर उसके काम की रिपोर्ट भी मुझे ही सौंप दी।

रमेश और गोपाल दोनो अपने में मगन थे, गप्पे मारे जा रहे थे काम तो इनसे बहोत की काम होता था मौज में पूरी रात निकाल देते थे। मेरा समय भी इनके वजह से अच्छे से बीत जाता था, अभी 11:00 बज कर कुछ मिनट्स ही हुए थे की मुझे मेरे घर से कॉल आता है ये कोई और नहीं बल्कि मेरी माँ का फ़ोन था उस समय मेरे पास कोई काम नहि था तो माइन उनका कॉल उठाते हुए कहा हाँ माँ रुको में अपनी तरफ़ से कॉल करता हु, मैने फ़ोन काटा और फिर अपने डेस्क से उठकर छत की और जाने लगा, छत पर पहुँचते ही मैने माँ को कॉल लगाया माँ थोड़ी परेशान लग रही थी। मैने उनसे दीमे आवाज़ में पूछा माँ क्या हुआ? माँ ने ज़वाब में कहा बेटा मुझे आज कुछ अच्छा नहि लग रहा है, तू कैसा हैं? घर पर सब कैसे हैं? मैने कहा क्या माँ आप बेवजह इतना डर जाती हैं, हम सब बिलकुल ठीक हैं, आप कैसे हैं?

माँ वैसे तो हमारे साथ ही रहती है पर वो कुछ महीनो पहले ही गाँव गयी थी किसी की शादी में और ज़मीन वगेरा के सिलसिले में उन्हें बहोत वक़्त लग गया वहाँ।

माँ ने फिर ज़वाब दिया हाँ यहाँ पर भी सब ठीक हैं। मैं कुछ दिनो बाद वापस आरही हूँ तो मुझे स्टेशन लेने आ जाना माँ ने कहा, मैने फिर उसी वक़्त कहा हाँ हाँ अम्माँ आजाओ वैसे भी घर ख़ाली ख़ाली सा लगता हैं, फिर वही गाँव वगेरा की बातें माँ करने लगी और में चुप चाप सुनता रहा।

मुझे याद था की मेरे शिफ़्ट को चालू होने में सिर्फ़ 5 मिनट ही बचे हैं, मैने माँ को बोला ठीक है माँ मैं फ़ोन रखता हु, काम भी तो करना होता हैं

ना और फिर माँ ने कहा हाँ बेटा ध्यान रखना अपना भी और घर का भी।

मैंने फ़ोन रखते ही दौड़ लगायी और भागता हुआ डेस्क तक पहुँचा , सभी अपने इंटरकॉम लगा के लोगों की मदद कर रहे थे , मैं अभी हाल फ़िलहाल ख़ाली बैठा था तो माइन पूराने कॉल रेकड़र्ज़ के डाँटा को खँगालना शुरू किया , थोड़े देर ढूँढते हुए मेरी नज़रों के सामने एक ऐसा रेकर्ड आया जिससे में आज भी वाक़िफ़ हूँ, 11:50 ही हुआ था जब एक और कॉल जो की मेरे फ़ोन पर था इंटरकॉम पर नहीं, मैंने जब देखा था वो कॉल किसी और का नहीं मेरी एक लोती बीबी का था। हाँ सुमित्रा बोलो , वहाँ से गुस्से वाली आवाज़ में उसने मुझे सुनाना शुरू कर दिया, मैंने दाँट ते हुए कहा रुको चुप हो जाओ और अच्छे से बताओ हुआ क्या है?

उसने गुस्से वाले टोन में कहाँ कभी नहीं सुधरेगा तुम्हारा लड़का, अभी मुझसे लड़ के घर से बाहर गया है वो कहता है दम गुटता हैं उसका घर में रह कर, मुझसे क्या ही अनाब सनाब बातें कर के निकला हैं, मैं नहीं सम्भाल सकती इस लड़के को, ये फिरसे अपनी पुरानी आदतें ही दौहरा रहा है। सूद हिमांशु फिरसे उन्ही रास्तों पर वापस जा रहा हैं , तुम्हीं समझाऊँ उससे मेरी नहीं सुनने वाला वो, ये कह कर सुमित्रा शांत हुयी मुझे इतना गुस्सा आया की मविन वही चिलाया क्या लगा रखा हैं तुम दोनो ने ये तुम्हारा ये डेली का होग्या हैं। मैंने बग़ल में देखा तो रमेश मुझे घूर रहा था। मैंने आवाज़ को धीरे किया और बोला रुको में उससे बात करता हु। मेरे फ़ोन काट थे ही रमेश बोला बीबीयो का यही ड्रामा हैं सर जी, आज गुस्सा तो कल शांत। मुझे रमेश की बात अजीब लगी पर बिचारा वो भी क्या ही करे असलियत तो वो जानता ही नहीं था।

मैंने हिमांशु को कॉल मिलाया पहला कॉल कनेक्ट नहीं हो पाया, दूसरा कॉल लगाया तो वो लगा , हिमांशु हेलो, हिमांशु - पीछे से बहोत ही शोर आ रहा था शायद किसी पार्टी में गया था वो, वहाँ से आवाज़ हाँ पापा , मैंने कहा बेटा कहाँ हो तुम? पापा दोस्त के बर्थ डे पार्टी में आया हु पापा। मैंने गुस्से भरी आवाज़ में कहा तूने फिरसे अपनी माँ से झगड़ा किया? पापा हाँ उन्होंने फिरसे आपको मेरे ख़िलाफ़ भड़का दिया होगा , कैसी माँ हैं। आप तो सिर्फ़ उन्ही की बातों पर ही विश्वास करते है। चुप, चुप होजा अगर एक भी शब्द तूने और बोला तो मेरे से बुरा कोई नहीं

होगा , ये बोल कर मैने कहा बेटा वो तेरी माँ हैं , कैसी माँ उन्होंने थपड़ मारा मुझे 18 साल का होग्या हु में, This is enough Papa , सुमित्रा ने तुझे थपड़ मारा , हाँ डैड ।रुक जा तू पहले ये बात तू कितने बजे घर पहुँचे गा? पापा अभी तो आया हूँ । बेटा अभी 12:10 हो रहे हैं , जल्दी से घर पहुँचो , पैसे हैं तुम्हारे पास टैक्सी के लिए? पापा दोस्त ड्रॉप कर देगा मैं घर पहुँचता हूँ।

मैने फ़ोन काटा तो था पर मैने उन पूरानी बातों का ज़िक्र नहीं किया मेरेको लगा शायद मेरा बेटा उन सबको भूल कर नयी ज़िंदगी जी रहा हैं, शायद मैं ग़लत था। मैने ऑफ़िस से बाहर निकल कर गैलरी मैं जाके सुमित्रा को कॉल लगाया । ट्रिंग ट्रिंग --------- फ़ोन उठाते हुए ही मैने उससे सुनाना शुरू कर दिया। सुमित्रा क्या तुम पागल हो गयी हो? तुमने हिमांशु को थपड़ मारा? वो 18 साल का होगाय है, तुम थोड़ा तो समझने की कोशिश करो । सुमित्रा वहाँ से कहती है हाँ हाँ मेरा मारना आपको ग़लत लग रहा है और उसका मुझसे ऐसे बात करना वो ठीक ।

मैं तो सिर्फ़ उसकी भलाई के लिए ही सोचती हु , 6 महीने पहले जो हुआ था वो आप भूले तो नहीं हैं ना जी? मैं तो उससे इसलिए बोलती हु जिससे वो उन रास्तों पर फिरसे ना चले, मुझे तो शक हो रहा हैं की हिमांशु फिरसे वही करने लग गया। मैने उससे समझते हुए कहा की देखो पूरनी बातों को याद करने का कोई फ़्यादा नहि आज का सोचो , हिमांशु थोड़ी देर में घर आजाएगा अब प्लीज़ तुम दोनो फिरसे मत लड़ना मुझे और भी काम तुम दोनो की लड़ाई के अलावा भी।

मैने फ़ोन काटा और गैलरी की रास्ते होते हुए डेस्क पर जा पहुँचा। मैं तो अभी बस बैठा ही था और सभी लोग कॉल पर बात करना चालू कर चुके थे। मैं अपने सो कॉल्ड २० करोर वाले सिस्टम के सामने बैठ कर लोकेशन ट्रैक कर रहा था, तभी एक कॉल रेखा के इंटर्कॉम पर आता हैं। वक़्त ज़्यादा हुआ नहीं था।

3

१२:३० बजें वो कॉल किसका था?

ज़्यादा वक़्त बिता नहीं था जब रेखा के पास एक कॉल आया जो की शायद एक औरत का कॉल था। रेखा वैसे तो सारे कॉल बड़े अच्छे से हैंडल करती थी, पर ये कॉल उसके लिए थोड़ा मुश्किल सा लग रहा था। रेखा ने बड़े झिजक में कहा हेलो , हेलो आप कौन बोल रहे हैं?

तो वो कॉल कुछ ऐसी जा रही थी ।

रेखा :--- (हेलो, हेलो, कॉल कनेक्ट होने में शायद दिक्क़त आ रही थी। हेलो जी आप कहा से बोल रही हैं?

आपको मेरी आवाज़ सुनाई दे रही हैं क्या?)

दूसरी तरफ़ से :--- (हेलो, हेलो, मुझे बचा लो, मैं ख़ुद को मार लूँगी, मैं अपनी लाइफ़ से तंग हो चुकी हूँ ।हेलो हेलो हाँफते हुए,

साँस की आवाज़ बातों की आवाज़ से ज़्यादा थी।)

रेखा :--- (हेलो मेडम मैं कुछ नहीं समझ पा रही हूँ। क्या आप थोड़ा शांत होएँगी तब ही मैं आपकी कोई मदद कर पाऊँगी, मेडम आपको शांत होना पड़ेगा तब ही हम आपके पास मदद पहुँचा पाएँगे, प्लीज़ आप थोड़ा शांत होयीए)

दूसरी तरफ़ से :--- (प्लीज़ मुझे बचा लो, मैं मरना नहीं चाहती , प्लीज़, प्लीज़)

टी टी टी टी टी टी टी टी टी टी ----------------- और फिर कॉल डिस्कनेक्ट हो गया।

रेखा ने इंटरकॉम रखते हुए कहा , वो औरत परेशान थी बहोत , हेल्प! हेल्प! चिल्ला रही थी , गोपाल क्या तुम इनका नम्बर ट्रैक कर सकते हो हम चेक करसकते हैं की वो अभी है कहाँ ।

गोपाल के सिस्टम पर रेखा ने उस औरात का नम्बर भेज दिया था। गोपाल ने नम्बर ट्रैक करना चालू किया , पर हमारे पास सिर्फ़ लोकेशन की ही जानकारी उपलब्ध होती थी, उनका नाम , पता ये सब नहीं।

गोपाल ने बताया की नम्बर ट्रैक करने में दिक़्क़त आ रहा थी । शायद उनका सीम किसी ने तोड़ कर फैंक दिया था या शायद उन्होंने ही फैंका हो , हम अपनी तरफ़ से पूरी कोशिश कर रहे थे पर कुछ हमारे हाथ ही नहीं लग रहा था ।

हम अब क्या ही करते हाथ पर हाथ धरे बैठे रहे और उनके अगले कॉल का इंतज़ार करना शुरू कर दिया था ।

सब कुछ फिरसे नॉर्मल सा लग रहा था मानो की कुछ हुआ ही ना हो। १० मिनट ऐसे ही बीत गया हमने सोचा ना था की अब वो कॉल वापस भी आएगा ।

सभी अपने अपने काम में व्यस्त थे, मैं उस समय थोड़ा काम व्यस्त था अपने फ़ोन में हाल फ़िलहाल चाल रहे न्यूज़ को पढ़ रहा था, बहोत से ऐसी बात थी तो न्यूज़ में आज कल भी आम थी, हाँ जिसका ज़िक्र मैने पहले भी किया था।

हेड्लायंज़ कुछ याद दिला रहे थे मुझे -

ड्रग्स के नशे में गाड़ी चलाते हुए एक नबालिक युवक ने २ लोगों को कुचला, और उनकी उससी वक़्त मौत हो गयी।

मैं इन सब से छुटकारा पाना चाह रहा था , मैने न्यूज़ वालों को कोसते हुए कहा, ये न्यूज़ वाले भी ना, और वो युवक कौन था वो जो नबालिक होकर भी नशे कर रहा हैं। हालाँकि बालिक होकर भी नशा करना एक डंधनिए अपराध हैं ।

न्यूज़ बंद कर के मैं छत पर जाने के लिए निकला, अपने सिगरेट के सहारे मैने वो १० मीन गुज़ारे थे।

मैं उन सब चीज़ों को याद कर के ख़ुद को भी बहोत कोश रहा था पर जो था वो था , अब हमें आज पर ध्यान देना था। मैं अपने माँ अपने पापा दोनो की बातों को याद करता की मुझे अपने घर वालों की सुरक्षा करनी हैं जो की मेरे लिए बहोत बड़ा काम था ।

मैं नीचे आ कर अपनी कुर्सी पर बैठा ही था की फिरसे रेखा का इंटर्कॉम बजता हैं। हम सबको ये पता था की शायद ये वही औरत हैं जिसने पहले भी कॉल किया था मदद माँगने के लिए। रेखा ने फ़ोन उठाया और कहा : हेलो, दिल्ली पुलिस PCR में आपका स्वागत हैं हम आपकी - आवाज़ काटते हुए इन सब का वक़्त नहीं है मेरे पास तुम्हारे इंट्रडक्शन के चकर मैं मेरी ज़िंदगी ख़त्म हो जाएगी।

रेखा ने कहा जी सॉरी मेडम मैं आपकी कैसी मदद कर सकती हूँ? इतने पूछते ही रेखा ने कहा सूद सर ये मेडम आप से बात कर चाहती हैं । आप ही हैंडल करिए इस कॉल को ।

मैंने १ मिनट का समय लेकर कहा की कॉल फ़ॉर्वर्ड करो। कॉल मेरे पास फ़ॉर्वर्ड होते ही मेरे पास सारे लोकेशन कोऑर्डिनेट आगाए थे।

मैंने भी झिजकते हुए कहा की, हेलो दिल्ली पुलिस में आपका स्वागत हैं , मैं आपकी कैसे मदद कर सकता हु?

मैंने सिर्फ़ इतना ही बोला था की वहाँ से आवाज़ आना ही बंद हो गया था , शायद हमसे कोई मज़ाक़ कर रहा था , या शायद कोई तो था जो कुछ छुपा रहा था। मैंने ३-४ बार दौहराया किसी का कोई जवाब नहीं आया बस फ़ोन कटने से पहले एक वाज आयी , भूले तो नहीं ना मुझे?

हरबराहट में मेरे हाथ से इंटर्कॉम छूट कर गिर गया। मैं उस दिन थोड़ा तो डर ही गया था। मैंने रेखा से पूछा रेखा कौन थी ये , रेखा ने कहा सर मुझे क्या पता, ये तो हेल्प! हेल्प! चिल्ला रही थी कुछ देर पहले।

मैं फिरसे गहरी सोच में जा पहुँचा , की आखिर वो थी कौन?

शायद मेरे कोई जानने वाला जो मुझसे मज़ाक़ करने के लिए मुझे ड्यूटी आवर्ज़ पर तंग कर रहा हो। मैंने इधर उधर हर जगह चेक कर लिया पर कोई ऐसा था ही नहीं जो मुझसे मज़ाक़ करें ।

मुझे ये सोच कर हँसी आयी की ना अपना होकर भी किसी ने मेरे साथ इतना बड़ा मज़ाक़ कर दिया और मैं कुछ कर भी नहीं पाया। हा हा

हा ---- मुझे ख़ुद पर ही हँसी आयी।

कॉल डिस्कनेक्ट होने के बाद कुछ देर तक शांति रही। पर फिर थोड़े देर बाद ही मुझे कॉल्ज़ आना चालू हो गए थे। मैं ने कॉल उठाया और उनसे बात किया तो वो बहोत घबराए हुए थे।

मैंने उनसे शांत होने के लिए , की पहले आप थोड़ा शांत होजयिए फिर हमें अपनी परेशानी बताइए ।

सूद सर मुझे बचा लीजिए । मुझे ये औरत मार देगी सर प्लीज़ सर प्लीज़ ।

मेरे तो मानो एक पल के लिए होश ही उड़ गए। हमारे PCR सेल में किसी भी कॉलर की आयडेंटिटी चाहे वो नाम , पता या फ़ोन नम्बर ही क्यूँ ना हों , किसी को नहीं बताया जाता हैं चाहे वो आम आदमी हो या मिनिस्टर्ज़ ।

मैंने धीमे आवाज़ में कहा आपको मेरा नाम कैसे पता हैं? क्या हम एक दूसरे को जानते हैं?

सर ये मुझे मार देगी , सर आप ही मुझे बचा सकते हैं।

आप अपना नाम तो मुझे बताइए, मैं आपकी मदद के लिए टीम भेजते हूँ। आप कहा से बात कर रहे हैं?

सर मेरा नाम , --

टी टी टी टी टी टी डिस्कनेक्टेड

कॉल डिस्कनेक्ट होने के तुरंत बाद मैंने उस नम्बर पर फिरसे कॉल मिलाया , इसी उमीद में की वो फिरसे कॉल उठाए , रिंग जा रही थी पर वहाँ से कोई ज़वाब नहि आरहा था।

दूसरी बार कॉल करने पर पता चला की नम्बर out of service area में था उस वक़्त, मतलब की उस बंदे को ऐसी जगह रखा था जहाँ नेट्वर्क भी नहीं पहुँचते।

हमारे सारे कॉल्ज़ रेकर्ड होते थे , इसी का फ़्यादा उठा कर मैंने कॉल रिकॉर्डिंग सुनी , और रिकॉर्डिंग सुनते ही मेरे को एक चीज़ का ऐहसास हुआ की ये आवाज़ जाने पहचानी थी ।

पर थी किसकी ?

4

--एक कॉल, और परेशान सब--

मैं अभी उस पूराने कॉल से अच्छी तरह रो वाक़िफ़ भी नहीं हुआ था की तभी एक और कॉल रेखा के पास आता हैं।

मैं तो बहोत हैरान हुआ था उस पूराने कॉल रो, रेखा का कॉल कटते ही वो ज़ोर ज़ोर से रोने लगी, अब मुझसे ये सब बरदासत नहीं हो रहा था ।मैं ख़ुद से ही सवाल पूछ्ने लगा था उस वक़्त , हम सब भागते हुए रेखा के डेस्क पर जा पहुँचे जहाँ हमने ये सुना की मोहित के कपड़े ख़ून में शने हुए पाए गए। और उसका फ़ोन भी वही आसपास पाया गया और ये भी जानने को मिला की उसका फ़ोन पूरा टूट चुका था मानो किसी गाड़ी वाले ने ऊपर चढ़ा दिया हो , कपड़े भी कीचड़ कीचड़ हो रखे थे ।

मेरा उस समय जो फ़र्ज़ बनता मैने वही किया मैने रेखा से कहा की तू सारे डिटेल्ज़ मुझे मेरे सिस्टम पर भेज , आगे में देखता हूँ।

उसने जैसे ही मेरेको डिटेल्ज़ भेजे और उस PCR यूनिट का नम्बर भेजा तभी मैने जल्दी से उस PCR यूनिट को कॉल लगाया । कॉल श्याम ने उठाया था , वही रोड पट्रोलिंग किया करता था।

हैलो श्याम मैं सूद बात कर रहा हूँ, अरे सर आपने आज कैसे फ़ोन कर लिया हम तो धन्य ही होग्ये ये श्याम का ज़वाब था।

मैंने बात काट कर बोला श्याम मुझे तुम वहाँ के लोकेशंज़ की पूरी फ़ोटो भेज सकते हो। और सभी चीज़ों की फ़ोटोज़ भी याद से अभी भेजो।

क्या तुम्हें वहाँ पे मोहित कही मिला ?

नहीं नहीं सर मोहित सर तो नहीं मिले यहाँ पर , मैं एक बार चेक करके बताता हूँ रुकिए आप।

हा हा जल्दी बताना मैं तुम्हारे कॉल का इंतज़ार करूँगा, ये बोलके फ़ोन काट दिया मैने।

मैं पूरी तरह से परेशान हो चुका था, अब मैं करूँ भी तो क्या करूँ ? श्याम ने थोड़ी देर बाद ही मुझे फ़ोन मिलाया और कहा नहीं सर यह तो मोहित कही नज़र ही नहीं आ रहे हैं। उसने अचानक से पूछा सब कुछ ठीक तो हैना सर?

मैंने उसे कहा श्याम भाई मेरी एक मदद कर सकता हैं, फ़ौरन ज़वाब आता है सर कह के तो देखिए, तू एक काम कर मोहित के फ़ोन से जितने भी लोकेशंज़ हमें मिले हैं उन सब लोकेशंज़ पर जाके चेक कर अगर कुछ भी चोट्टा सबूत भी तुझे मिलता है तो मुझे तुरंत बतियो।

ठीक हैं? सुन रहा हैना मेरी बातों को?

हाँ हाँ सर मैं आपको सारे रिपोट्र्स देता हु , रुकिए आप थोड़ा। श्याम जल्दी जितने जल्दी हो सके उतने जल्दी । इतनी बोलते ही फ़ोन कट गया।

अब जाके मुझे पता चला की वो जो मेरे पास अभी मदद के लिए फ़ोन आया था , जो आदमी ज़ोर ज़ोर से चिल्ला रहा था वो और कोई नहि हमारा मोहित ही था। मैंने फिरसे कोशिश की उस नम्बर पर फ़ोन करने की पर फ़ोन लग ही नहीं रहा था। हम सब बहोत परेशान हो चुके थे।

मेरे पर्सनल नम्बर पर मुझे श्याम का कॉल आया, श्याम ने कहा की सारे लोकेशंज़ चेक कर लिए पर ऐसा कुछ हाथ नहीं लगा जो मोहित सिर को ढूँढने में मदद कर सके । मैंने उससे कहा कुछ ना कुछ ज़रूर होगा भाई तू चेक कर अच्छे से कर। ठीक है सर कहकर फ़ोन काट दिया उसने।

रेखा का इंटरकॉम फिर से एक बार और बजा , अब की बार शायद किसी और का फ़ोन होना था पर वो फ़ोन शुरू में आयी औरत का ही फ़ोन

था।

रेखा ने फ़ोन उठाते ही कहा मैं आपकी कैसे मदद कर सकती हूँ।

वहाँ से वैसी ही डरी डरी आवाज़ , वहाँ से एक आवाज़ आयी की मुझे तुमसे बात नहीं करनी , सूद से मेरी बात करवाओ , ये दूसरी बार था।

रेखा ने कॉल ट्रान्स्फ़र करते हुए कहा सिर ये वही हैं आप हैंडल करे इसे, मैने इंटर्कॉम कनेक्ट करते ही कहा।

"सूद - हेलो! मैं *PCR* सेल हेड बात कर रहा हूँ! *HOW MAY I* हेल्प *YOU*

औरत की आवाज़ - इन सब का समय नहीं है मेरे पास , मैं मरने जा रही हूँ, इसलिए सोचा की एक बार *PCR* सेल को बात दिया जाए।

सूद - नहीं नहीं आप ऐसा कुछ नहीं करेंगी, आप ये बताइए आप हैं कहा अभी इस वक़्त?

औरत की आवाज़ - मैं अपनी गाड़ी को हाइवे पर लेकर जा रही हु, वह से नीचे और खेल ख़त्म।

सूद - मेरी बात समझने की कोशिश कीजिए, आप अभी अपनी गाड़ी रोकिए हम *PCR VAN* भेजते हैं।

बात काटते हुए बोली, मुझे नहीं चाहिए तुम्हारी मदद।

मैने उन्हें समझाने की बहोत कोशिश की , मैने उन्हें उनके घर वालों का झाँसा भी देकर रोकने की कोशिश की। पर वो किसी की नहीं सुन रही थी।

सूद - अगर आपको कुछ होजाएगा फिर आपके घरवालों को कौन देखेगा। सब टूट जाएँगे।

औरत की आवाज़ - मेरा एक बेटा था अब वो इस दुनिया में नहीं हैं, मेरा भी इस दुनिया में रहकर अब कोई ज़्यादा नहीं, मैं मर जाना चाहती हूँ , अब कोई हैं ही नहीं जिसके सहारे रह पाऊँ ।

सूद - मुझे बहोत अफ़सोस है इस बात का पर अगर आप भी ये ग़लत क़दम उठाएँगी तो आपके बेटे को कैसा लगेगा,

वो अपनी माँ को कैसे अपने पास आते हुए देखेगा , आप
बताइए आप हैं कहा पर ?

औरत की आवाज़ - तुम अपना नाम बताओ मुझे,
झिजक कर मैने बोला।

सूद - सॉरी मैडम ! पर हम ड्यूटी मैं अपना नाम किसी के
साथ शेयर नहीं कर सकते।

औरत की आवाज़ - तुम भी अपना नाम बताने से डर रहे
हो , मैने सोचा की कोई तो है जिसे मैं अपनी परेशानी बात
सकूँ , कोई बात नहीं । फ़ोन काटो , ग़ुस्से भरी आवाज़

सूद - सॉरी , मेडम नहीं कर सकता।

औरत की आवाज़ - मैं जा रही हूँ खुदने।

रुकिए रुकिए , मेरे नाम सूद हैं। हाँ सूद औरत ने जवाब
दिया।

इतना बोलते ही उन्होंने फ़ोन काट दिया। टी टी टी टी टी
————"

मैं डर चुका था, की ये क्या हो रहा हैं, जब से ऑफ़िस आवर्ज़ हुए थे तबसे
बुरी पे बुरी ख़बर ही सुनाई में आरहे थे।

वक़्त ज़्यादा बिता ही नहीं था, और मुझे इतना वक़्त मिला नहीं की
मैं ख़ुद को संभाल पाता, मैने अपनी आँखें बंद कर ली। ५ मीन ही बीते थे
आँखें बंद किए, की तभी सारे लोग इक्कठा हुए और कहने लगे आओ चाई
पीते हैं।

वो वही याद हैं जो रामू के जगह नया बंदा आया था, जिससे आज
तक हमने कही देखा नहीं, वाई चाई लेकर आया। ४ चाई और वड़ा पाव
लाए। चाई का तो मैं बड़ा ही शौक़ीन था, मैने चाई लेली ।

रेखा ने मुझे कहा सूद सर आप भी एक वड़ा खाइए, मैने नहीं इसमें
भर के तेल होता हैं मैं नहीं खाऊँगा ये। प्लीज़ सर एक लेलीजिए ,

उसका दिल रखने के लिए मैने लेलिया मैने एक बाइट खाया ही था
की तब तक हमारा दोस्त जो खाने पीने का बड़ा शौक़ीन था वो आया और
कहने लगा की मेरा वड़ा कहा हैं?

मैंने हँसके कहा ये ले ये मेरा वाला खा ले। तू भी क्या ही बंदा हैं ।।।

तभी रमेश ने गोपाल जी की एक बात बताई , की उन्होंने अपने गाँव में दुकान खोली हैं। मैंने गोपाल जी पूछते हुए कहा सही कह रहा है क्या रमेश?

अरे हाँ यार, रेटायरमेंट के बाद गाँव में ही सेटल हो जाऊँगा, और आराम से अपना दुकान चलूँगा अपने बच्चों के साथ रहूँगा, गोपाल जी का यही जवाब रहा था।

हाहाहाहाहा सभी हँस रहे थे। ऐसा लग ही नहीं रहा था की कुछ हुआ भी था ।

तभी रेखा ने कहा सर कौन था उस कॉल पर? मैंने कहा कोई सूयसायड करने जा रहा था, और फ़ोन भी डिस्कनेक्ट हो गया।

हैं सर? मेरे को लगा आप उन्हें जानते हैं, क्यूँकि जब उनका कॉल मैंने उठाया तो उन्होंने कहा सूद से मेरी बात करवाओ। क्या कह रही है तू रेखा, नहीं में उससे नहीं जनता हूँ ।

मैं सोच में था की उसको मेरा नाम पहले से ही पता था तो उसने मेरा नाम मुझसे क्यूँ पूछा? शायद वो कन्फ़र्म कर रही हो की उसकी बात सूद से ही हो रही हैं।

हमारी बातें ऐसे ही चल रही थी की तब ही वापस घर से फ़ोन आता है और में वहाँ से हट कर बाहर आजाता हूँ, घर पर बात करने के बाद में थोड़ा अकेला रहना चाह रहा था, छत पर जाकर मैं ने सिगरेट पी और थोड़े देर वही बैठा रहा , वो ठंडी हवाएँ , दिल को कुछ पल तक शांत कर चुके थे।

अब मैं ने सोचा कुछ भी होजाए मैं पूरी जान लगा दूँगा पर उसका सामना ज़रूर करूँगा, फिरसे नीचे आके अपने डेस्क पर बैठा ही था की थोड़े देर बाद उसका कॉल फिरसे आता है, और इस बार वो फ़ोन कनेक्ट होते ही कहती है,

- महिला : सूद मैंने तुम्हारे कहने पर खुदकूसी नहीं की, पर मैं ऐसे शांत नहीं बैठूँगी , मैंने सेमी ऑटमैटिक पिस्टल ख़रीद ली , मैं क्यूँ ही मरूँ जिसने मुझे तकलीफ़ पहुँचायी अब वोही मरेगा।

- सूद : मैं घबरा गया की ये सारी बातें ये मेरे को क्यूँ बात रही है, मैंने झिजक कर कहा की आप अभी अपने होश में नहि है आप मुझे अपना पता बताइए मैं वह PCR भेजता हूँ।
- महिला : गुस्से में , मुझे मत समझाओ जिससे तुम्हें समझना था तुम उससे समझाओ।
- सूद : मैडम, मैडम, सुनिए तो टी टी टी , कॉल डिस्कनेक्ट हो गया

मैंने बिना वक़्त लगाया उस कॉल को मेरे दोस्त से ट्रैक करवाया , दोस्त ने बताया की ये तो "सीमा बाजपायी" हैं। मैं ने उसका फ़ोन काटा और घर पर फ़ोन लगाया ही था की, फ़ोन सीमा ने उठाया । अब मेरा शक़ हक़ीक़त हो चुका था, मुझे पता चल गया था की ये सीमा कौन हैं और ये क्यूँ हमें परेशान कर रहीं है ।

5
अतीत

तो बात कुछ ये थी की मेरा बेटा इस शहर के मेअर के बेटे के साथ ड्रग्स के व्यापार में जुड़ा हुआ था , मैंने आप लोगों को पहले भी बताया था की हम कितने मुश्किलों से बाहर निकले थे उस हादसे से,

मेरा बेटा १५ साल की उम्र से अपने एक दोस्त के साथ वो इस व्यापार का हिस्सा बना, सीमा का बेटा मयंक भी उसका दोस्त हुआ करता था, एक रात जब मेरे बेटे ने मेअर के बेटे को ड्रग्स दिया तो उस रात वो अपना होश खो बैठा था नशे में धुंद वो गाड़ी चला रहा था मयंक भी उस दिन वहाँ पहुँचा था, और जो नहि होना था वही हुआ, मेअर के बेटे "देशांत" ने गाड़ी से मयंक को उड़ा दिया ।

गाड़ी का झटका इतना तेज़ था की वो उड़ कर दीवार से टकरा गया उसके सर पर इतनी गहरी चोट आयी , वक़्त पर हॉस्पिटल तो वहाँ के लोगों ने मयंक को पहुँचा दिया था, पर जब ये बात मयंक के माँ बाप को पता लगी तो उन्होंने मयंक के दोस्त यानी मेरे बेटे से पूछने की कोशिश की पर मेरे बेटे ने कुछ बताया नहीं , पर उस रात की कैमरा फ़ुटेज देख कर पता लगा की इन सबके पीछे मेअर के बेटे "देशांत" और मेरे बेटे का हाथ था।

मैं पुलिस और वो मेअर, मुक़दमे चलते रहे, मेअर ने अपनी ताक़त से अपने बेटे को इस केस से बाहर निकाल लिया और मयंक को इंसाफ़ नहीं मिल पाया।

चोट के गहरे होने की वजह से २ दिन बाद "मयंक" की मौत हो गयी, "मयंक" के माँ बाप के हालत ऐसी होगी थी मानो कोई बेजान चीज़

मैं कई बार उनसे मिलने भी गया था, शायद बेटे को खोने का ग़म बहोत बड़ा था जो उन्हें अभी तक ठीक नहि कर पाया।

उन दोनो ने अपने आप को ऐसा बना लिया मानो उन्हें दुनिया से कोई मतलब ही नहीं हो।

दुनिया की नज़रों में वो लोग पागल हो गये थे, मानो १ साल बाद पता चला की उन्होंने ये शहर छोर दिया था । सब पहले जैसा हो चुका था किसी को कुछ नहि पता मानो कुछ हुआ ही ना हो।

इसी बात को मैने कॉल पर सीमा की आवाज़ सुन कर याद किया।

6

अंत

सीमा ने मेरी पत्नी का अपरहन कर लिया था, शायद मेअर तक पहुँचना मुश्किल था इसलिए। कॉल सीमा ने उठाकर मुझसे कहा मैं ने तुम्हारी बातें तो गान ली पर तुगने गेरी बातें नहीं मानी थी याद आया कुछ तुम्हें?

मैं उससे समझने की पूरी कोशिश कर रहा था की अगर तुम्हें बदला लेना है तो तुग गेरे रो लो गेरे घर वालों को इसके बीच मत लाओ पर वो मानने वालों में से नहि थी।

मुझे फ़ोन कर के कहती है कोई भी चालाकी करने की कोशिश मत करना मेरे पास बंदूक़ है मैं अभी तुम्हारी पत्नी को मार सकती हूँ,

मुझे सिर्फ़ तुम्हारे बेटे से काम है क्यूँकि वहीं मुझे उस मेअर के बेटे "देशांत" से मिलवाएगा, अपने बेटे से बोलना मैं उसका उससी पार्किंग में इंतेज़ार करूँगी, और उससे ये भी बोल देना की देशांत को ले कर आए वरना तुम्हारी पत्नी भी मारी जाएगी।

मैं तो होश खो बैठा था की मेरी वजह से ये क्या क्या हो रहा था। मैं ने बेटे को कॉल किया और उससे पूछा की वो कहाँ हैं, सुधरने वालों में से नहीं था वो, आज भी वो वही ड्रग्स वाले काम में लगा हुआ था।

मैं ने उससे बोला तेरी माँ की जान ख़तरे में हैं, तू जहाँ भी है जल्दी इक़बाल के पास जा और उससे बोल मुझे देशांत को आज ड्रग्स देना है तो वो तुझे अपने साथ ले जाएगा तू जल्दी से ये कर तेरी माँ की जान ख़तरे में हैं, तू फ़ोन हंद्स्फ़्री (Handsfree) पर लगा कर रखीयो में तुझे बताता

रहूँगा की तुझे करना क्या हैं ।

मैंने फ़ोन काट कर रोनित को मीटिंग एरीअ में बुला कर कहा की भाई तू जितनी जल्दी हो सके मुझे बीच लाइट क्लब की पार्किंग का फुटिज देखा दे मुझे बहोत ज़रूरी काम आगया हैं।

मेरे इतने कहते पर रोनित ने हिचकिचाते हुए कहा सर ऐसा तो हम करते नहीं पर मैं आपके लिए कर देता हूँ। कैमरा को कनेक्ट किया ही था की रूम कैबिन में चाई वाले भैया आए जो हमारे पूराने चाई वाले के बदले आए थे।

मैं अपने काम में ध्यान लगाए बैठा था तभी मेरे दोस्त का फ़ोन आया और उसने बताया की PCR के आसपास मयंक के पिता भी देखे गए हैं।

उसने उनकी फ़ोटो भेजी ही थी की मेरे सामने चाई वाले ने चाई रखी, मैं फ़ोटो देख कर डर गया चाई वाले भैया ही मयंक के पिता थे, उन्होंने चाई फेंकते हुए , अपने पजामे से बंदूक़ निकल ली और मुझ पर निशाना शाद लिया, मैं मौत के बिलकुल सामने खड़ा था।

मैं कोशिश यही कर रहा था की मैं उन्हें समझा सकूँ, पर नहि वो मानने के लिए त्यार नहि थी, उन्होंने रोना चालू कर दिया और कहा हम तो अब बर्बाद हैं और अब तुम सबको हम बर्बाद कर देंगे।

उसने हँसते हुए कहा की तुम्हारा जो सिस्टम प्रॉब्लम आ रही थी ना वो मेरी वजह से मैं तुम्हारा सम्पर्क तोड़ने की कोशिश कर रहा था। और तुम्हारा दोस्त मोहित, हाँ हम ने उससे गाड़ी से उड़ा दिया बहोत उड़ा करता था ना याद है मुझे जब उससे हमने कैमरा फुटिज माँगी थी तो उसने हमें कितना झूटा फुटिज दिखाया था, जिसका कर्म अच्छा नहि उससे भगवान भी पसंद नहि करता।

मारा गया वो अब तू भी मरेगा सूद।

मैं बातों बातों में उसके क़रीब पहुँच गया, और उसने मुझे पास आते ही धक्का मारा, मैं फिरसे उठ कर उससे बंदूक़ छिन्ने लगा तभी इस झड़प में गोली चली और "केशव" को वो गोली सीने में लग गयी।

केशव अब रहा नहीं।

मैंने वहाँ से jypsy निकाली ओर भगा मैं क्लब की ओर, बेटे को कॉल लगा कर पूछा तो पता चला की वो इक़बाल के सात उससी क्लब में जा

रहा है मेअर के बेटे को ड्रग्स देने, पर वो मेअर का बेटा था तो इक़बाल ने कहा की मैं ही जाऊँगा उसको देने के लिए, सहबाज भाई जान ने कहाँ की बिलकुल भी चूक नहि होनी चाहिए।

वो हंद्स्फ्री पर था ये सब मैं ने भी सुन लिया, मैंने हिमांशु को कहा की उसके साथ बिके पर बैठ और बोल बैग मैं अपने पास रख लेता हूँ।

इक़बाल बाइक चला रहा था, मैं ने हिमांशु से कहा की बोल तुझे कुछ काम है तुझे उतार दे वो और जैसे ही उतारे वहाँ से भागना चालू करीयो , और सीधा क्लब के पार्किंग में आना।

हिमांशु ने वैसा ही किया पर क़िस्मत साथ नहीं थी, इक़बाल ने उसका पिच किया और वो एक आधे टूटे बिल्डिंग में पहुँच गए, जहाँ हिमांशु अपने आप को छुपते छुपाते वहाँ से बाहर लाया, पर इक़बाल ने उससे देख लिया और पकड़ के पिटना चालू कर दिया।

आह आह आवाज़ें साफ़ सुनाई दे रही थी, मैं कॉल पर ही था हंद्स्फ्री नीचे गिर गया था, उसके स्पीकर की आवाज़ से मैंने इक़बाल से बात करने की कोशिश की मैं ने कहा की बेटा अगर तूने पुलिस वाले के बेटे के साथ कुछ भी किया तो तू ज़िंदगी भर जेल में सड़ेगा , सहबाज भी बचाने नहीं आएगा तुझको

इक़बाल डरते डरते बोलता है सूद भैया आप से तो बच जाऊँगा सहबाज नहीं छोड़ेंगे मुझको। मैं ने बात काटते हुए कहा सहबाज को मैं जय में डालूँगा, ये वादा है मेरा तुझसे।

इतनी बात सुनते ही इक़बाल ने बैग हिमांशु को दे दिया साथ ही बाइक की चाबी भी। मैं ने हिमांशु को बोला जल्दी लेकर आओ "देशांत" को वहाँ पर।

मैं रास्ते में ही था, कैमरा में अपने साथ उठा लाया था की निघरानी बनी रहे। सीमा गाड़ी में बैठी हुई थी, कुछ देर बाद उसने सुमित्रा को गाड़ी के पास घुटनो पर हाथ पीछे कर के बैठा दिया।

और वो उससे अपने बेटे के बारे में बात करने लगी। सुमित्रा ने कहा की तुम मुझे मार दो पर मेरे बेटे को छोड़ दो।

मेरे परिवार ने तुम्हारा क्या ही बिगाड़ा हैं। प्लीज़ उनको जाने दो।

तभी हिमांशु कहता है पापा उसका असिस्टेंट आया है लेने ड्रग्स, मैं ने उसे शक्त माना कर दिया की तुम उसको नहीं दोगे, तुम कोई भी बहाना बनाओ बोलो सहबाज ने बोला है की सिर्फ़ "देशांत" आएगा तो ही ड्रग्स सप्लाई करेंगे।

उसके असिसिसटेंट ने यही बातें "देशांत" को कही देशांत गुस्से में आया की कौन है जो मेरी बात नहीं मान रहा। देशांत गुस्से में तो आया था पर उससे पता नहीं था की उसकी मौत उसका इंतेज़ार कर रही है नीचे।

नीचे आने के बाद सीमा ने बंदूक़ की नोक पर हिमांशु, देशांत और सुमित्रा को घुटनो पर हाथ पीछे कर के बैठा रखा था।

देशांत को कुछ पता नहीं था की हो क्या रहा है पर जान बचाने के लिए उसने सीमा को पैसे का लालच दिया तभी सीमा ने उसे बताया की तुम्हारे पिता के इसी पैसों की वजह से मेरे बेटे को इंसाफ़ नहीं मिल सका।

मैं वहाँ पहुँचा ही था की मैं ने देखा की सीमा ने बंदूक़ निकाल रखी हैं और बंदूक़ उसने देशांत पर तान रखी थी। मैंने छिलते हुए कहा सीमा तुम ये सब नहीं कर सकती मैं तुम्हें इंसाफ़ दिलाऊँगा।

सीमा कहती है इंसाफ़ की बात तुम तो करो ही मत और गोली सीधा देशांत के पेट पर। मैं उसके पास भागा ही था की दूसरी गोली हिमांशु को लगी और वो गोली छाती में लगी। मैंने ना आइ देखा ना बाई सीधा पूरी mag ख़ाली कर दी सीमा पर। सीमा अब रही नहीं और सब कुछ ख़त्म हुआ।

भागता भागता मैं दोनो को हस्पताल ले गया , डॉक्टर ने देशांत को तो बचा लिया पर हिमांशु को नहीं बचा पाए। मेअर ने आकर मुझे शांतवना देते हुए कहा की तुम ये सब भूल जाओ, सोचो कोई हादसा था। मैं ने इस्तीफ़ा दे दिया हैं और अब मैं हिमांशु और मयंक को इंसाफ़ दिला कर रहूँगा। पुलिस प्रशासन ने मुझे दब्बा कर रखा था अब मैं इंसाफ़ के लिए लड़ूँगा।